GUÍA DE LECTURA

Escrita por Sibylle Greindl
Traducida por Laura Soler Pinson

Si esto es un hombre

de Primo Levi

Entiende fácilmente la literatura con

ResumenExpress.com

www.resumenexpress.com

PRIMO LEVI

ESCRITOR ITALIANO Y SUPERVIVIENTE DE LA SHOAH

- **Nacido en 1919 en Turín (Italia)**
- **Fallecido en 1987 en la misma ciudad**
- **Algunas de sus obras:**
  - *Si esto es un hombre* (1947), relato autobiográfico
  - *La tregua* (1963), novela
  - *Los hundidos y los salvados* (1986), novela

Primo Levi (1919-1987) nace en Turín en una familia burguesa de confesión judía. Tras haber realizado estudios de química en su ciudad natal, se va a vivir a Milán, donde encuentra un trabajo y donde en 1943 se une a un grupo de resistentes antifascistas. Por esta razón es arrestado y deportado a Auschwitz en febrero de 1944. Allí sobrevive durante un año, hasta la liberación del campo a manos del Ejército Rojo en enero de 1945. Cuando vuelve a Italia, encuentra trabajo como químico y se casa con Lucía Morpurgo, con quien tendrá dos hijos.

Al volver de Auschwitz, escribe su primer libro, *Si esto es un hombre* (1947), al que le siguen otras obras: *La tregua* (1963), que cuenta su periplo cuando vuelve a Italia, *El sistema periódico* (1975), que narra sus experiencias como químico, y *Los hundidos y los salvados* (1986), su última obra, y también la más oscura. Primo Levi se suicida en 1987.

SI ES UN HOMBRE

AUSCHWITZ O LA NEGACIÓN DEL SER HUMANO

- **Género:** relato autobiográfico
- **Edición de referencia:** Levi, Primo. 2002. *Si esto es un hombre*. Traducido por Pilar Gómez Bedate. Barcelona: Muchnik Editores. E-book en PDF
- **Primera edición:** 1947
- **Temáticas:** Shoah, Segunda Guerra Mundial, nazismo, campos de concentración, supervivencia

Si esto es un hombre es uno de los primeros testimonios sobre la vida en los campos de concentración. En palabras del autor, esta obra tiene por objetivo «proporcionar documentación para un estudio sereno de algunos aspectos del alma humana» (Levi 2002, 4). Este relato en primera persona se vio motivado por la necesidad imperiosa de compartir su experiencia en Auschwitz con aquellos que no la conocían.

Si esto es un hombre se publica por primera vez en 1947, en una editorial pequeña. Sin embargo, esta obra solo cosecha un éxito moderado en la inmediata posguerra. En 1958, tras su reedición, empieza a tener una gran influencia, e incluso se llevan a cabo adaptaciones teatrales y radiofónicas. Desde entonces, el libro de Primo Levi está considerado una referencia imprescindible de la literatura sobre los campos de concentración.

LA VIDA EN EL CAMPO

Primo Levi se une a un grupo de resistentes antifascistas con 24 años. Esto le lleva a ser arrestado por milicianos. Cuando se le interroga, se declara «ciudadano italiano de raza judía» (Levi 2002, 6). Entonces, lo envían a un campo situado cerca de Módena. Desde ahí, seiscientos judíos —hombres, mujeres y niños— son enviados en vagones de mercancías sellados hacia Auschwitz.

Allí se lleva a cabo una separación entre los sanos y los enfermos: a los primeros se los envía a los campos de Buna-Monowitz y de Birkenau; a los segundos, a la cámara de gas. Levi habla de los hombres que saben que se dirigen hacia una muerte segura y el asombro que sienten ante una brutalidad gratuita, sin ira, de las SS.

Tanto a Levi como a sus camaradas se les despoja por completo de todas sus posesiones, y son rapados y tatuados. Reciben los mismos andrajos que la víspera vieron que llevaban los prisioneros del campo. Levi aprende rápidamente los códigos del *Lager* (el campo), que impregnan todas las actividades, desde el trabajo hasta el reposo, pasando por las comidas. En tan solo unos días, se desvanece toda perspectiva de futuro y el autor comprende que tampoco es aconsejable recordar el pasado.

Tras unos días, se le asigna al *Block* 30, donde descubre dos parámetros fundamentales de la vida en el campo: la mezcla de idiomas y el valor del pan, no solo como alimento, sino también como única moneda de cambio. También conoce a Steinlauf, que se empeña en lavarse para no dejar que el sistema concentracionario lo convierta en un animal, para seguir vivo y ofrecer un testimonio. Sin embargo, Levi se pregunta: ¿vale la pena aplicar un sistema de valores cuando el *Lager* es infernal y absurdo?

A Levi le cae una pieza de hierro en el pie: lo envían a la enfermería, donde se queda unas tres semanas. Allí, a los prisioneros se les dispensa de trabajar, y eso les da tiempo para pensar en lo que han dejado atrás y en «las malas noticias de cuanto en Auschwitz ha sido el hombre capaz de hacer con el hombre» (Levi 2002, 30). Un mensaje que llevarán al mundo si salen de ese infierno.

Levi está íntimamente convencido de que la vida en el *Lager* es una ocasión para analizar el alma humana. Esto le lleva a distinguir entre hundidos y salvados. Los hundidos son los que se doblegan ante el reglamento y, por ello, están perdidos. Por otra parte, los salvados logran sobrevivir recurriendo a los medios más diversos: robo, astucia o fuerza bruta.

EL *BLOCK* 45

Cuando sale del *Ka-Be*, a Levi se le reasigna arbitrariamente el *Block* 45 donde, por suerte, se encuentra también a su amigo Alberto. Allí debe otra vez procurarse cubiertos y lo necesario para sobrevivir antes de retomar el ritmo del trabajo agotador y de las noches sin descanso. Las jornadas de trabajo en el frío y en la nieve son extenuantes, y se ven marcadas por las breves escapadas a las letrinas, bajo la vigilancia de un compañero de trabajo, y la muy esperada pausa para comer. Se sirve una sopa transparente, que hace entrar en calor y que permite un ínfimo instante de distensión.

El comercio es parte integrante de la vida en el campo: el tabaco, el tejido y la comida que se saca de las raciones escasas se roban y se truecan. El valor fluctúa en función de los acontecimientos. El centro neurálgico de esta actividad es la bolsa, donde todos los deportados se agrupan por nacionalidades. Tanto ladrones como víctimas del robo son castigados con severidad, pero, ¿cómo puede diferenciarse entre el bien y el mal en este contexto?

En el *Lager*, el único objetivo es aguantar hasta la primavera. El sufrimiento que el frío inflige disminuye, pero el hambre, omnipresente, se siente más intensamente si cabe. Templer, el más avispado del *Kommando* de trabajo de Levi, encuentra una olla de sopa, por lo que todos tienen derecho a tres litros suplementarios, es decir, el triple de su ración diaria. La acción de comer, en Auschwitz, está indicada con el verbo alemán *fressen*, término que se utiliza habitualmente para los animales. Incluso en el vocabulario, se niega la humanidad a los prisioneros.

EL *KOMMANDO* 98

Levi se enrola con su amigo Alberto en el *Kommando* 98, el *Kommando* químico. Primero se le asigna el transporte del cloruro de magnesio y después logra pasar un examen de química que le ahorra bastantes sufrimientos. Para dicha ocasión, se encuentra frente a frente con el Dr. Pannwitz, que lo mira como si fuera un ser de otro mundo, que pertenece a una especie que únicamente es digna de ser suprimida.

Jean es el «Pikolo» del *Kommando* 98, el más joven. No se le asigna ningún trabajo, pero es el encargado de diversas tareas, como lavar los cuencos. Todo el mundo quiere a Jean, a quien Levi acompaña para ir a buscar la olla de sopa. Por el camino, este último le recita «El canto de Ulises», sacado de la *Divina comedia* de Dante (escritor italiano, 1265-1321).

LIBERACIÓN DEL CAMPO

En el verano de 1944, cuando para los prisioneros el marco temporal ya no hace más que retroceder «tórpid[o]» (Levi 2002, 65) del futuro al pasado, retumban sobre Auschwitz los bombardeos aliados. En ese momento, Lorenzo, un obrero civil italiano, toma bajo su protección a Levi y esto le permite al autor no olvidarse de que es un ser humano.

Kraus trabaja con Levi en un día lluvioso del mes de noviembre. Levi piensa que el hombre no sobrevivirá por mucho tiempo. Sin embargo, en el camino de regreso, tras la jornada de trabajo, Levi le hace un largo discurso a Kraus en el que asegura que ha soñado que lo acogía en su casa, en Italia.

No obstante, el invierno se acerca y las palabras «frío» y «hambre», creadas por y para los hombres libres, no son suficientes para definir todo el sufrimiento que se vive en el *Lager*. Se hace una nueva selección: los que parecen débiles son enviados a la cámara de gas. El viejo Kuhn da gracias a Dios por no haber sido elegido. A su lado, Beppo, de 20 años, no dice nada: sabe que su destino es la solución final.

Tras pasar el examen, Levi es enviado al laboratorio de química. Allí está protegido de los rigores del invierno, de los peligros del trabajo y, en cierta medida, del hambre. Se ve a sí mismo como una criatura repulsiva bajo la mirada de las tres alemanas que trabajan con él.

Levi, con ayuda de su amigo Alberto, ha puesto a punto varias estrategias para conseguir comida, por ejemplo, colaborando con los obreros civiles. Una noche, en vez de acudir a la llamada, los detenidos deben asistir al ahorcamiento de un hombre que ha intentado organizar una revuelta. Ningún prisionero juzga o desafía a los alemanes.

Levi, enfermo de fiebre escarlata, es trasladado de nuevo al *Ka-Be* en enero de 1945. En ese momento, los alemanes sienten que los rusos se están acercando, por lo que obligan a los detenidos a abandonar el campo. Levi se queda en la enfermería con los enfermos. Se organiza con dos franceses y logra sobrevivir hasta la llegada del Ejército Rojo.

PUNTOS DESTACADOS

REFERENCIAS HISTÓRICAS

Hitler llega al poder en Alemania en 1933. Ese mismo año se abre el campo de concentración de Dachau. Allí se encierra en un primer momento a los opositores políticos. En 1935, se dictan las leyes de Núremberg: tienen como objetivo proteger la supuesta pureza de la raza alemana. En la práctica, estas leyes privan a los judíos, entre otros, de sus derechos políticos y del acceso a ciertas profesiones. En 1938, el poder nazi organiza la Noche de los Cristales Rotos, una oleada de masacres contra los judíos que vivían en territorio del Tercer Reich. Tras este acontecimiento, se empieza a llevar a judíos a los campos de concentración. Con el paso de los años, se intensifican las deportaciones, que continúan hasta el final de la Segunda Guerra Mundial.

En los campos de concentración, los nazis reúnen a los opositores al poder (entre otros, comunistas y resistentes), pero también a aquellos que consideran que pertenecen a una raza inferior (en particular, judíos o gitanos) o que son considerados inútiles (por ejemplo, los minusválidos). Las condiciones de vida y de trabajo —el hambre, el frío, los malos tratos y las enfermedades— llevan a los prisioneros a la muerte. Por otra parte, los campos de exterminación se construyen en tierras de Polonia, ocupada a partir de 1941, y tienen como objetivo los asesinatos en masa en cámaras de gas, entre otros métodos, de la gente que es trasladada hasta allí (judíos, personas no aptas para el trabajo forzoso, gitanos, opositores políticos, etc.).

De hecho, Auschwitz era una red de campos (que incluía Auschwitz, Birkenau y Monowitz) construida en 1940, que estuvo activa hasta su liberación a manos de los soviéticos en enero de 1945. Levi estaba retenido en este último campo, el de Monowitz, que tomaba su nombre de un pequeño pueblo de alrededor. Era un campo de concentración en el que los prisioneros podían verse sometidos a trabajos forzosos (por ejemplo, en la fábrica I.G. Farben) o podían ser enviados a las cámaras de gas de las otras dependencias de Auschwitz. Tal y como se explica profusamente en *Si esto es un hombre*, todos los actos que se llevaban a cabo en el campo tenían como objetivo la negación de la condición humana a los prisioneros:

- se les designaba por un número de matrícula tatuado bajo el brazo, en vez de por el nombre;
- viajaban en los vagones de los animales;
- sus cadáveres servían de «materia prima» al Reich, que utilizaba, por ejemplo, su pelo para hacer abono;
- los prisioneros eran designados con la palabra alemana *Stück*, es decir, «pieza»;
- el gas que se utilizaba para asesinar a los detenidos era el que se empleaba para desinfectar las calas de los navíos de piojos y chinches.

En otras palabras, los prisioneros eran degradados de todas las maneras posibles.

CLAVES DE LECTURA

A LO LARGO DEL TIEMPO

Ya en el prólogo, Primo Levi precisa que su libro no añade nada al conocimiento histórico que los lectores podrían haber desarrollado acerca de los campos de concentración. Sin embargo, existen diferentes elementos que permiten situar la experiencia del escritor en el campo con respecto al desarrollo de la Segunda Guerra Mundial. Así, el último capítulo empieza con la evocación del retumbar de los cañones rusos (Levi 2002, 85). Levi también menciona los bombardeos aliados en la Alta Silesia (región de la actual Polonia donde se encuentra Auschwitz) durante el verano y el otoño de 1944. De esta manera, los detenidos tienen una visión fragmentada de los sobresaltos de la guerra. El autor comparte esta perspectiva con el lector, que puede situar con total libertad los acontecimientos en una perspectiva histórica.

En cuanto a la vida cotidiana, está estructurada de acuerdo con un horario de trabajo estricto que varía según la estación. Podríamos pensar que este esquema regular y pautado deja que los detenidos se orienten en el tiempo, se acuerden y se proyecten en el futuro. Sin embargo, la situación de extrema pobreza material, mental y moral de los *Häftlinge* («prisioneros» en alemán) les arrebata toda capacidad para pensar en un pasado o en un futuro que no sea inmediato:

> «Para los hombres vivos, las unidades de tiempo tienen siempre un valor, tanto mayor cuanto más grandes son los

recursos interiores de quien las recorre; pero para nosotros, horas, días, y meses retrocedían tórpidos del futuro al pasado, siempre demasiado lentos, materia vil y superflua de la que tratábamos de deshacernos lo más pronto posible. [...] Para nosotros, la historia estaba parada» (Levi 2002, 65).

El sistema concentracionario logra por lo tanto privar a los detenidos de su capacidad para apropiarse del marco temporal. Los encarcela no solo en el espacio, sino también en el tiempo, como se lo indica al lector el testimonio de Primo Levi.

UNA EXTRAÑA TORRE DE BABEL

En Auschwitz se hablan todos los idiomas de Europa, pero los jefes del campo solo hablan alemán. Por lo tanto, comprender esta lengua desde su llegada se convierte en una cuestión de vida o muerte para los *Häftlinge*. Primo Levi se ha tomado la molestia de transcribir posibles diálogos e interjecciones en el idioma original: de esta manera, el lector se encuentra con la barrera de la incomprensión, al igual que los detenidos.

No solo es difícil entender el lenguaje en el *Lager*, también es insuficiente para expresar aquello a lo que se enfrentan los detenidos. Como explica Levi, el vocabulario del que dispone está compuesto por palabras de hombres libres. No se ajustan a la terrible realidad del campo: «si el Lager [sic] hubiese durado más, un nuevo lenguaje áspero habría nacido» (Levi 2002, 69).

Sin embargo, la lengua y la literatura permiten que Primo

Levi construya una hora de diálogo con otro detenido, Jean. En el capítulo titulado «El canto de Ulises», Levi y Jean, el Pikolo, disponen de una hora para ir a buscar la sopa. Empleando el discurso indirecto libre, y con el pretexto de dar una clase de italiano, Levi recita a Jean de memoria «El canto de Ulises», de Dante. Así, durante sesenta minutos, los dos detenidos se adueñan del marco temporal y acceden al mundo de la literatura universal. Es significativo que Ulises sea un personaje que efectuó un largo viaje poblado de pruebas antes de volver a su casa, como Levi. Este episodio puede percibirse como un relato enmarcado (se trata de un procedimiento que consiste en representar una obra dentro de una obra) de todo el libro: al igual que Ulises, Levi se enfrenta a los tormentos del Infierno y volverá para ofrecer su testimonio, a través de la literatura.

Paradójicamente, mientras que en Auschwitz la palabra sirve para humillar a los detenidos y para sumergirlos en la angustia de la incomprensión y que el vocabulario es insuficiente para definir sus sufrimientos, gracias al lenguaje y a las palabras Levi vuelve a la vida y da su testimonio.

AUSCHWITZ, LABORATORIO DEL ALMA HUMANA

El escritor tiene como objetivo presentar un testimonio. Para ello, adopta un lenguaje sobrio, calculado, preciso y se expresa en primera persona. Presenta los acontecimientos vividos sin emoción aparente: así, en el capítulo «Historia de diez días», cuenta la historia de dieciocho franceses sorprendidos y asesinados por un grupo de aislado de las SS cuando, pensando que Auschwitz estaba vacío, se habían instalado en el refectorio de las SS-Waffe. El episodio está narrado basándose en hechos y sin ningún comentario de tipo emocional. El enfoque objetivo que Levi adopta también le permite oponer distintos tonos. El capítulo «El último» empieza con un tono casi alegre: el autor expone las astucias y las artimañas elaboradas con su amigo Alberto. Sin embargo, el texto acaba con una escena extremadamente dura: la muerte por ahorcamiento de la última persona de aquellas que habían intentado llevar a cabo una revuelta, y la vergüenza de Levi y de Alberto ante su pasividad, generada por la vida del campo. Al adoptar una perspectiva distante y sobria, Levi deja que el lector se posicione, sin imponerle su sentir:

> «Pensé que mi palabra resultaría tanto más creíble cuanto más objetiva y menos apasionada fuese; sólo así el testigo en un juicio cumple su función, que es la de preparar el terreno para el juez. Los jueces sois vosotros» (Levi 2002, 99).

Tal y como lo explica en el prólogo, brinda a sus lectores la oportunidad de analizar el alma humana. Levi expone así la destrucción material, mental y moral que el sistema concentracionario opera en los detenidos. La aniquilación material se lleva a cabo ya desde el viaje en tren, con el hacinamiento, la falta de aire, de agua y de comida. En el capítulo «En el fondo», Levi describe igualmente cómo los detenidos tienen que abandonar todos sus últimos bienes. Las últimas líneas de este episodio muestran a unos cuerpos que sufren. Asimismo, su universo mental se ve destrozado: les quitan incluso el nombre, la identidad, y lo remplazan por un número. Los valores morales también se pisotean por completo. Tal y como nos lo muestra el capítulo «Más acá del bien y del mal», los valores del bien y del mal no pueden aplicarse dentro del campo, donde tanto ladrón como víctima son castigados:

> «Destruir al hombre es difícil, casi tanto como crearlo: no ha sido fácil, no ha sido breve, pero lo habéis conseguido, alemanes. Henos aquí dóciles bajo vuestras miradas: de nuestra parte nada tenéis que temer: ni actos de rebeldía, ni palabras de desafío, ni siquiera una mirada que juzgue» (Levi 2002, 83).

Es significativo que el autor no tenga jamás una posibilidad de establecer contacto de tú a tú con los alemanes. Como explica Levi en el apéndice (Levi 2002, 98), el único contacto fue con un oficial de las SS cuando el sistema concentracionario se derrumbaba, días antes de la llegada de los rusos. Levi expone la lenta destrucción de los detenidos, mientras presenta claramente la actitud inhumana, en sentido propio, de aquellos que dirigen el *Lager*. El tema central del libro ya se presenta en el título: *Si esto es un hombre*.

Para comprender todo el alcance del título *Si esto es un hombre*, hay que establecer un vínculo con un poema situado entre el prólogo y el inicio del relato, así como de la versión original del título. El poema se titula *Considere si esto es un hombre*. Cuestiona la naturaleza humana de los detenidos de los campos de concentración y recuerda el deber de memoria de todos frente a los actos que se cometieron en ellos. El título original, *Se questo è un uomo*, también cuestiona la condición del hombre, en particular con la palabra *questo*, que se traduce al castellano como «esto»: su sola presencia pone de relieve el hecho de que la naturaleza humana fue ridiculizada en los campos. El proyecto concentracionario tenía como objetivo destruir tanto física como moralmente a los prisioneros. El título también pone en entredicho la naturaleza humana de aquellas personas que pudieron establecer y mantener este sistema. El título *Si esto es un hombre* se aplica, por lo tanto, al conjunto de preguntas que se proponen en la obra.

ALGUNAS PREGUNTAS PARA PROFUNDIZAR EN SU REFLEXIÓN...

- ¿Cómo se adapta el estilo de Primo Levi a su proyecto de testimonio?
- ¿Qué diferencia existe entre este testimonio y una autobiografía?
- Explique la relación de los detenidos, y más en particular, de Primo Levi, con el lenguaje.
- En su opinión, ¿cómo es posible que se desarrollen prácticas literarias tras una experiencia como la de Auschwitz?
- ¿Cuál es el alcance del título *Si esto es un hombre*?
- Comente esta cita: «¿Quién podría distinguir nuestras caras?» (Levi 2002, 67).
- En el apéndice (Levi 2002, 98), Levi explica que uno puede desear conocer el nazismo, pero no comprenderlo. Desarrolle esta idea.
- *Si esto es un hombre* se ha llevado a escena en varias ocasiones. Si usted tuviese que representar lo esencial del libro, ¿qué elementos escogería? ¿Cómo plasmaría el enfoque analítico de Levi?
- En *La escritura o la vida* (1997), Jorge Semprún (escritor español, 1923-2011) aborda el tema del campo de concentración, ya que él también pasó por uno, el de Buchenwald. ¿Cuáles son los puntos en común entre estas dos obras en cuanto a la temática y a la formulación? ¿Cuál es la diferencia más importante con respecto a la escritura entre estos dos libros?
- Compare también *Si esto es un hombre* con *La especie*

humana, obra en la que Robert Antelme (escritor francés, 1917-1990) revela a su vez su experiencia en los campos.

¡Su opinión nos interesa!
¡Deje un comentario en la página web de su librería en línea,
y comparta sus favoritos en las redes sociales!

PARA IR MÁS ALLÁ

EDICIÓN DE REFERENCIA

- Levi, Primo. 2002. *Si esto es un hombre*. Traducido por Pilar Gómez Bedate. Barcelona: Muchnik Editores. E-book en PDF.

ESTUDIOS DE REFERENCIA

- Semprún, Jorge. 1994. *L'écriture ou la vie*. París: Gallimard, colección *Folio*.
- Todorov, Tzvetan. 1991. *Face à l'extrême*. París: Points, colección *Essais*.